詩集 小さきものたち

斎藤久夫

土曜美術社出版販売

詩集　小さきものたち＊目次

Ⅰ　峠をこえて

Ⅱ　子守唄

Ⅲ　変奏曲

Ⅳ　「タンク！　タンク！」

詩集　小さきものたち

Ⅰ　峠をこえて

人吉

ときどき「人吉」を思うことがある
それから子守唄のことを

人吉で生まれそれから
横須賀市久里浜まで
転居を続けてきたという男の話に
耳を傾けていたことがある

人吉市に五木はあり
五木は子守唄発祥の地の

地区名だと思っていた

人吉市の上流に五木村はあった
幼い子と遊びながら
子守唄をきかせようとしたことがある

その子は間髪を入れず
泣きはじめた
悪いことをした
あれは子守唄ではなかった
思いちがいだった　こわかったろう
あれはさびしい唄であった

たくさんの思いちがいをしてきた

豪雨で初めて見る球磨川の濁流は
深い峡谷の底を激しく流れていた
球磨川は　不知火海に注いでいた

竹田の子守唄（ライブ）

竹田は古い城址を持つ
大分の竹田《たけた》市ではない
京都府の竹田《たけだ》である
採譜された地区名である

あの唄は
つらい守子の仕事の唄
思いちがいをしていた

久世《くせ》の大根めし吉祥《きっちょ》の菜めし

またも竹田《たけだ》のもんば飯
どしたいこりゃ　きこえたか

久世も吉祥も京都の地名
唄は胸にきこえてきた

もんば飯はオカラの飯
大根めしも菜めしも
もんば飯より美味しいめし

あれはつらくも
解き放つ美しい唄であった
小さなステージでの
「赤い鳥*」のライブ

「人吉」よ　おまえは
現在《いま》にうたっているようにいまも
うたっていることはないか

＊　音楽（フォーク）グループ（一九六九年〜七四年）

盆が過ぎてもまだ（横浜）

週一度のステージ練習
自粛の解除はもうなされたか

デラシネという言葉を
初めて教えてくれた
おまえはいま一人
横浜に住まいしているが

盆が過ぎてもまだ
会いには行けぬ

関をこえて　緑濃い国に
連れてきたことがあった

夏のはじめ　暑すぎる盆地に
「人吉」を連れてきたことがあった
「親父の死は狂死だった」
「人吉」は言った　あれから一人
みちのくにやってきたことはあったか

東日本の砕けた海岸線を歩きたかった
横断して西へ　夏の夜の盆の踊り
連れて行きたかった内陸へ
たとえば西馬音内《もない》川へ

ずうっとながくなる
のかも知れぬが　あるいは
最後の思いちがいかも知れぬが

おどま盆ぎり盆ぎり
盆から先ゃおらんと

どんな峠の先に
どんな光景を見ているか？

おまえは知らぬだろうが
おまえの言葉は（片言隻語が）
いつも新鮮な知恵だった

椎葉村《しいばそん》（宮崎）

五木村から　峠をこえて
東に行けば椎葉村がある

立ちかへり又みゝ川のみなかみに
いほりせん日は夢ならでいつ*

五木のことを
峠のことを
椎葉村のことを
「人吉」が

話したことはなかったが
ときどき椎葉村を
思いうかべることがあった
それから狩りのことを

人吉も五木も
椎葉村も
目にしたことはないが
思いちがいではなかったかも知れない

それぞれが互いに
峠の先にあった
それぞれの地がみな
遠い峠の先にあった

現在《いま》のこととしてのように
立ちかえる
山と山霧のあいだに
うかんでくるもの

＊後狩詞記《あとのかりことばのき》（柳田國男）（椎葉村を懐ふ）

峠（鳥を撃つ）

椎葉村を下って耳川は
太平洋岸日向灘に注ぐ

耳川の上流は
村の中央を過ぎているが
舟はおろか筏さえも通らぬ*

深い高山《たかやま》の奥に　狩る猪は
変わらず隠れ住んでいるか

目にすることも
耳にすることもないと
変わらず　思っていたが
思いちがいだった

はじめて目にする椎葉村は
洪水の後　山の上から川へ
垂直に　崩れ落ちていた

二十歳の青春の日向灘沿岸道路
「刈干切唄」が　響き渡っていた

はるかに
立ちかえる
花綵《かさい》列島

北北東　太平洋沿岸の
南北に低く続く阿武隈高地
曲がりくねった
海岸線に白波が寄せている

すぐに帰れる　と思って逃げた
避難者たちの
点在して残された集落はもう
まるで爆撃された家々のようだ

風が通過した　無人の山と里山と
破壊された屋敷の内と外とを
猪と僅かな人とが通り抜けている

むかし鳥を撃つ老人の横に
ついていったことがあった

＊後狩詞記《あとのかりことばのき》

Ⅱ　子守唄

箱の話

蜜柑農家の
老婆は問われて
忘れ難い記憶を
零歳の子の発見と場所を
十歳の少年Ｋに告げた

中国山地の
岬の海が見える国道沿いの
坂の上の町
公民館の敷地の夕暮れ

電話ボックスのなかに
蜜柑の箱（揺り籠）のなかに
根こそぎに
置き去られていたK

開いていたパンドラの箱に
残されている希望を
老婆は見おとすことはなかった

老婆はすべてを話しつづけた
泣きさけんでいた幼子（赤ん坊）
箱のなかは暖かく濡れていて
無名の天使（赤ん坊）は
大きな毛布につつまれていた

「捜しつづけたが（Kの父と母を）
おえんかった」
やさしさに濡れながら
老婆は話しおえた*

* 『朝日新聞』（二〇一八年一月）

奇譚

多くの奇譚とは
言葉の矛盾のようだが
そのような話は
野にあふれて
いたことがあった

箱の話をかってに
奇譚と思いちがいを
していたのかも知れない

今でもなお少なくはなく
深く隠れたところでひそかに
奇譚は綴られているのだ

東北部

満州のことを記した本に
小さい子を
やさしく諭す調べ の子守唄がある

「中国東北部の子守唄」とは
「中国東北地方の子守唄」のことではない

紛らわしくなることがあるが
東北部とは
中国関東州・旧満州のことである

私のかわいい子よ　目を閉じて
眠れ　あの夢を見て眠れ
（中国東北部の子守唄）

「東北部」ときくと
一拍遅れて
こころが沈むことがある
旧満州に複雑に重なる
分断線が敷かれていて
遠い翳りが射しこんでくるのだ

宮詣り

日がのぼる
海が見える明るい
蜜柑畑の坂道を

今日はこの子の二五日さ
宮へ詣ったとき
なんとゆうて拝むさ　ねんころろ
一生この子のまめなよに

（中国地方の子守唄）

「中国東北部」では
大平原を赤く染めて
夕陽が　沈んだ

敗戦の年　父はソ連に連行されて
母と叔母と七歳の私と五歳の弟と
六カ月の妹は日本を目ざした

旧満州奉天（現瀋陽）から
無蓋車に乗りました
大きな並木道をひっしに歩きました

休んでいた木の根元に
女の人が赤ん坊を置いて
そっと隊列をそれていきました

隊列は出発しました
あの人はどこにいったのでしょうか
赤ちゃんはどうなったのでしょうか
泣く子を泣きながら
口を押さえたのです

こめられている　きぼう
希望はいつも　うらぎり
夢みるものの　苦悩を
くりかえし　くりかえし
長引かせるだけではなく
こめられている　きぼう

無名の天使の耳元に

きこえていた子守唄
こめられているもの
きこえていたのはあれは誰の
唄う揺り籠の唄だったのだろう

電話ボックスの
電話機から外れた受話器が
大きな毛布と
揺り籠の上で　小さく揺れている

箱・揺り籠

箱・揺り籠
修羅の中を
零歳の子の発見と場所は
春へ伸びて

ねんねこしゃっしゃりませ
寝た子の可愛さ
起きて泣く子のつら憎さ
（中国地方の子守唄）

子守唄をどこかで
きいたことは
あったか　いつか
きこえてきたことは
あったか

春を青くしてＫは
曲がりくねった坂を
のぼりつづけたか

箱の直線はしだいに
潮騒の
入り海の曲線に
溶けこんでいったか

思い出せそうな気がした日
野球の試合に負けた日
公園の鞦韆《ぶらんこ》で揺れていた夕べ

岸辺に立っている

いつ何時《なんどき》でも不意に
蘇ってくる
蜜柑の箱・揺り籠の
老婆の話は
寛解を持たない
苦悩のように
夢に見る
希望のように
海面を走る　兎の耳のように
白くうねり続けたことだろう

野を焼いた後の季節
解纜する
はじまっていく卯月

根こそぎだった二十二歳のKは
バスの降車口から足を踏み出す

皆のまえであいさつできるだろうか
滑って転んで　痛む左肩を隠す
恥じらう少年のような無垢の笑顔で

対岸の岸辺の淵を
河口の方へ
歩いていく者がいる　昨晩遅く

時にそうであるように
嘔吐をしたが　胃は明るかった

ZYPRESSEN（ツィプレッセン）

「風の電話」（三陸大槌町）で
話を交わしている
人影が遠くに見えることがある

遠ざかっていくかに思えるとき
忘れられていくかに思えるとき

突然くず折れるような
死への怖れが
おそってくることもあるが

浸透し震えるように
湧き出してくるもの

不思議さに出会うことの真昼
震えのなかでよみがえるもの

風が匂い　音楽が　季節が
還ってくるかのように岸辺を歩く

脱デラシネのように
棄て去ってしまったものに出会う

過去からきこえてくる唄が
現在に重なり広がっていく未来

Kよ　伸びて　幾重にも陰影が
広がっているよ　ZYPRESSEN*

＊『春と修羅』（宮沢賢治）　檜・樅・糸杉の材（独語）

Ⅲ　変奏曲

「はじまりの街」は

年に一度　上京して
一本の映画を見てきた

その年が最後と決めて出かけた
『サラエボの花』[*1]
花ではなかった
最後ではなかった
民族と宗教と
暴動と包囲がつづいていた
降り積む文明と文化の基底に

雪積む分断の街に
母と子のいのちのシネマ*2

「サラエボ　サラエボこそ始まり」
講演者が「COVID－19」の話をしている

第一次大戦まえの始まりのサラエボ*3
百年まえも　感染が広まり
スペイン風邪の名で猖獗をきわめた

百年をこえて更に崩壊をもたらす力
感染をつづける　ウイルスとの日々
展開する暴動（insurrection）陰謀論
議事堂（Capitol Hill）包囲（siege）

報道されるテレビからの切れぎれの声*4
疫病感染　悲劇　災害　惨禍があり
繰り返し繰り返し　めぐりきて

つづく波が大洪水ではあっても
（転がり墜ちる石を押す
　ひとびとの姿が見える）

光がつくる雑木林のなかの人影
枯葉の下に芽をだす
たくさんの　冬のどんぐりたち

かならずやってくる
とんがり帽子にはらむ　たくさんの

小さなものたちの「はじまりの街」は

『詩と思想』二〇二一年五月号特集映画詩「始まりの街」を改題

＊1　岩波ホール（二〇〇七年一月）
＊2　ボスニア・ヘルツェゴビナ紛争（一九九二〜九五年）後の街
＊3　サラエボ事件（一九一四年六月）
＊4　米議会襲撃事件（二〇二一年一月）

子ビットたちの響き変奏曲

大きい帽子を被り上着を着た
小さいまるいオレンジ色の頭が
白い大きなマスクをして
車の通る広い通りの方に歩いてくる

正門の柱の前の信号機の横に
どんぐりの塊を　歩道に
並んでつくっている
停車した車に深々と礼をして
彼らにとっては

いつもとは奇妙にずれた
早い時間に
南と北に分かれて帰宅していく

気づくとこれはいま
ここだけの話ではないのだ
町中の国中のあるいは世界中の
どこででもの光景なのだ

蜘蛛の子が散るように
(ディスタンスをとるように)
駆けはじめる
子ビットと名付けた
まるく小さく光って走るオレンジ色の
子ビットたちの響き

四十年まえの追憶に襲われながら
横断歩道の傍に止めた車のなかから
彼らの後ろ姿を追っていた

ポロポロとコロコロと
小さきものたちのいのちが駆ける
みんなみんなが駆けられているのか
子ビットたちの響き変奏曲

呼子鳥《よぶこどり》変奏曲

もう四十年以上もまえです
校門の柱のうしろから
コロコロと
山側に逃げました覚えていますか
家の裏山の雑木林です

共作連《きょうされん》（共同作業所全国連絡会）の
コンクールで
最優秀賞を受賞しました
青と黄色の入賞デザインを

黒いTシャツにプリントしました
もう父も母も亡くなりました
みんな　ぼくのまわりから
逃げていきました
おんなじ場所おんなじ家で
一人になってしまいました

ようやく　生きてきました
ようやく　生きていけます

柱にとまった鳩時計は
カッコーカッコーと鳴くんだよ
何度も何度も言ってくれました

時計は　あの日
柱から　落ちて壊れました
おおきな樹の上で
ときどき雉鳩が鳴いています

家と屋根が揺れてから
郭公がこなくなりました
燕は少なくなりました

訪問支援に　松村さんが
きてくれます
ときどきけんかになります

（松村さん？　あの松村さんか）
（けんかができるのか）

（雑木林のどんぐりのように
　ようやく生きていけるのか）

COVID－19感染の
世間のようすを見て
世界のもようを見て
いくからな
最優秀賞と還暦のお祝いに
アンティークの
鳩時計を見つけて
いくからな

カッコーカッコーが
きこえてくるぞ

雨上がりの
晴れわたった空から
呼子鳥の鳴き声が
きこえてくるぞ

クロニクル（令和）のはじまり

一回二回三回…………
ろうろうと響いていった
即位奉祝の「万歳」

八月の新聞短歌欄には　参議院
初登院に触れた歌が掲載されている
石牟礼[*1]と神谷[*2]の名とを思い出づ
木村舩《ふな》後の二氏の登院

二氏が属する〈党〉への
はじめて目にする批評の言葉が新聞に見えた
「はじめての左からのポピュリスト」

令和三年　二人の議員が
柱の前を
採決の議会へのスロープを
車椅子を押され登っていった

（思い出す）
「早く逃げて　姉はもう逃げました」
あの日水素爆発寸前の日
最初の連絡をよこしてくれた
（上野尻《かみのじり》よ）

あの日からずっと覚えている
自主上映の「映画」を企画した日
手と腕と顔と眼の表情と
耳にひびいた少年の日の声を

山間の町と村を結ぶ　幹線道路脇に立つ
令和の文字の金属の　大きな錆びた灯り

ゆっくりと坂道を歩んでいった
クロニクル（令和）のはじまり

おまえはいま
誰の車椅子を
押しながら
坂道を登っているか

＊1　国会への坂道　歩道に座り込んだ水俣の石牟礼道子
＊2　長島愛生園精神科医長を務めた昭和時代の精神科医神谷《かみや》美恵子（一九一四〜七九年）

高瀬川変奏曲

トンネルを密かに抜けると
そこは高瀬川の渓谷である

大堀・小丸《おまる》・神鳴《かんなり》と
地図には　その名で記される渓谷
川下の中州にはだんぶの花が咲き
夏の夕暮れ　白波に鮎釣りの浮子《うき》を流し
つばの破れた帽子で水を掬った

大堀村に疎開した大木惇夫が残した

／だんぶ花《ばな》くれなゐ悲し／渓谷を背にして
神鳴に建つ「高瀬川哀吟」の詩碑

小丸にある小丸の表札　家の入口の鎮魂の碑
南の島で少佐が　アムール川の地で弟が戦死
小丸哲也・タケ建立　青年らは死し　何処に
小丸の人らは逃げたか　黒揚羽が舞いさらに
上下に舞い飛び庭の上空へ飛び去っていった

小丸の杣道《そまみち》を越えれば　南北に分かれて
人々が激しく争った地　棚塩《たなしお》　浪江小高
幻の福島第三原子力発電所が見えるだろう

海底のプレートが弾けて　巨大津波の惨劇が
東日本太平洋沿岸を襲った　東南東へ十キロ

白い爆発が福島第一原発原子炉建屋で起きた
あれから　何年　あれから
追われた人たちは何処へ行った
厳しく侵入者の立ち入りを拒む高度汚染区域

北西に流れた雪雲《プルーム》　彷徨う揚羽黒揚羽よ
流れつづける　渓流の岩陰を
山女魚はきっと　泳いでいるよ
神鳴の淵の碧瑠璃《へきるり》に　きっと
岩魚は　黝《くろ》い影を映しているよ
低くひくく　私は口吟《ずさ》む高瀬川変奏曲を

クロニクルズ変奏曲

幾時代かがありまして
　茶色い戦争ありました／
ゆあーん　ゆよーん　ゆやゆよん
「サーカス」中原中也（一九二九年）

人新生《ひと》という地質時代へ

いまや　正統なものなどどこにある
人の活動が生み出したものが地質をつくり
小さきものたちや若者たちは新しい
異質の　地質時代をもう生きている

核使用の汚染は　確かな地質をなし
（一九四五年七月・ニューメキシコ州トリニティ）
三位一体広島長崎と重なる三生児だ

極地の凍土や　人跡未踏の森林の
奥から　未知のウイルスは引き出され
人社会の活動は脅かし脅かされ
緑と水惑星の環境と気候は変動を重ね
年ごとに
きびしい層を
地質の層に重ねている

萱浜《かいばま》を

ある朝　僕は　空の　中に、
黒い　旗が　はためくを　見た。
「曇天」中原中也（一九三六年）

八本の欅の木が残り
襲われた　春の野を
風が吹き過ぎるごとに
萱浜に鞦韆《ぶらんこ》が揺れる
ゆあーん　ゆよーん　ゆやゆよん

萱浜に鞦韆が揺れて
北西から風が吹いて
萱浜から萱浜を走る

春ごとの

新型コロナ感染緊急事態が宣言され
声出しを禁じ　一年遅らせた聖火は
Jヴィレッジの舞台を発走した

地震と大津波・爆発後の汚染とで
両親・妻・娘（肉親四人）を喪った
萱浜の人は　聖火《リレートーチ》を手にし
旧国道六号線（陸前浜街道）を　夕暮れ近い
雲雀ヶ原へゆっくりと走っていた

襲われた　春ごとの野に

死者七十七人の被災地に
風にはためく　金太郎の
鯉幟を掲げつづけている

西の低い山脈《やまなみ》は
蒼い濃淡が
大陸からの黄砂に
おおわれている

余命なしの告知と
余命がないかも知れない
予感とにかられた女《ひと》は
クリスマスローズを
白い二つの大きな紙に包《くる》み
狂おしくざわめく交通規制下の

旧国道を横切っていった

幼いものたちの

原子力緊急事態宣言は
まったく変わらないが

十五の歳をこえて
漸《ようや》く古巣の門《かど》をくぐれる許可を得た
幼い心で耐えてきた子栗鼠たち

小さな水の流れは　変わることなく

深く積もっていた木々の葉の下には
いくつの　十年どんぐりを数えたか
桜の花芽は小さく膨らんでいた
笹舟は　水脈《みお》を作って流れていった

上空から目にする一千の「タンク」
「タンクの水」は海底に流され
変わらず
映像は世界に流れ
真っすぐに
変わらぬひとの声が丸い水平線から
きこえて来るだろう
沿岸の船と港に重なって耳に響き
人々の声は朴訥に波に揺れるだろう

ばあばや人を　一杯怖がらせた
眼下に広がる青い海に向かって
「バキューン」「バキューン」と
幼い二歳の男の子は銃を撃った*

上がり続ける海水面上がり続ける海水温
夏の日の迷路を遊ぶ幼子たち
向日葵畠の黄色が海に溶ける

* 『海を撃つ』安東量子（二〇一九年）

かつて幾時代もありました
（五千年をこえる昔）

アサリやハマグリを食べ
イノシシを狩り鹿を捕らえ
ウナギを釣り上げフナを焼き
クジラの骨で祭りをし
イタボガキの腕輪をし
土器で煮炊きをした
白波は入江に　幾時代も
幾時代も押し寄せ続けて

胡桃をクルクルと回し
胡桃をかじった栗鼠たちも
貝殻を蹴飛ばして跳ね　どんぐりは
ドンブリコと　クリの木の
太い丸太の木にのって
幾時代もとびこえて来て

それからまた幾千年あって
それからまた幾百年あって
（百年をこえる昔のこと）

十七歳の　異端の青年が残した言葉

「太陽と手を取り合って
空と溶けあう海*」
青年の言葉は　異国の数かぎりない
若者たちの青春をも震撼させてきた

余命なしの告知と
余命がないかも知れない予感を
胸にたたんだ老いたる者たちにさえも
錯乱にも似て過《よぎ》る　時代のなかで

青さからなお
黒さをはぎ取って
白い舟を走らす歌声にのって
いつかまた出会えることが
あると震え響かせる旋律が

きこえて来ることはないか

鳥とぶ風
空と海との境界を走る
夜の花火
空と溶け合う海

幾時代もあって
幾時代かがあって
きっと例えば
きこえて来ることはないか

空と溶けあう海に
ながれて来る旋律

はるかな時代の旋律が

＊　Ａ・ランボー（一八七二年）日本語訳は多数ある

Ⅳ　「タンク！　タンク！」

母子像と小さな九つの鞄

聖画像《イコン》を保護する金属製のリザ
輝く飾りのリザを　取り外してしまった後の
風景画のように

色濃い銹色の平面は
光をすいこんでいく
広がっている
仄暗い駅前の広場
数えると小さな旅行鞄が
九つ並んでいる

一番端の旅行鞄の上に男の子が腰を下ろし
母だろうか　女性が膝を折り
男の子の手をしっかりと　にぎり締めている

旅立つ姿ではない　漂流　遁れ行く光景だ
十字を崩したような　手を合わせる母子の姿

深夜からネットに繋がっていた近接する時間
夜明けの画面は切迫する静かさで切り変わる

しゅんかんにまぶたを過る
いたましさ　斜めに並んだ旅行鞄
いのちにみちた子供たちの鞄
広場に鞄は九つ並んでいた

「空の青さ　小麦の黄色」
初夏の空と地のきらめき
純化と聖化　祈りへの傾きを禁じる

曲がった銹色の道を歩いていく
梅雨のはしり　きりのような雨

（耳に響いてくる声）
（耳に残っている声）
（離されていく　声）

月が変われば
杜鵑が血を吐くように啼くだろうか
空たかく郭公の声は響くだろう

小さき掌《てのひら》

くやしさがきつくしめつけてくる
はじまったものは終わる
繰り返される　戦争があって
いつも幾つもつらい戦争があって

発車する　車の窓で
震えているくちびる
窓辺に立ってすがるように
濡れてるよな瞳
張りついている

もみじのよな小さき掌
夜の音　見上げた眼に映ってしまった
戻ってきた戦争
砲撃と　閃光の中に　消えていった夢

夜　音が聞こえたの
空が光ったの
怖かった
戦争が戻ってきたんだって

母と一緒に入っていた浴室の
窓に張りついていた茶色の蛙
幸せな　短すぎた　幼年時代
童話の影絵の夢の世界のように

耳にひびいていた　蛙の合唱《カノン》

銀河を流れ斜めに過る流星群
窓ガラスに　何万とも言う
張りついている小さき掌
何処へ拉致されていったのだ

撃ち込まれた音に怯えながら
連行や抑留へと追われながら
幼き命の星列は
銀河の何処《いずこ》のすみを漂うのか

「タンク」

「タンク」との遭遇という
幼い日の記憶が
脳裡に浮かんでくるたびに
あれは霧のなかの幻影ではなかったのだ
現実の光景だったのだと
そのたびに思いを巡らせてきた

「タンク」が重い音を響かせながら
山際の小学校の横を廻り
川霧のなかへ引き返していった

何故　大きな金属製の車輛が
村の砂利道を走り過ぎていったのか?

敗戦間際　爆弾が落とされたという
橋向かいの　古い町並のことさえ
何にも知らなかった
何故　「タンク」が走り過ぎていったのか?

思い至ることは何にもなかった
誰かにたずねたこともなかった
ただ確かに女の先生が言っていたことがある
黒板の横で窓の外に顔を向けながら
「海の向こうではいま戦争をしているの」と

アルファベットはまだ遠く
走っていった「タンク」の横に
「Z」の標が付いているかどうかなど
思いつくことも
考えつくはずさえもなかった

現実だったのか幻影だったのか記憶の映像と
一人の子の生から死への　限りもない記憶が
交錯し　眩暈《めまい》するように足もとが揺れる
一瞬青くスパークし川霧の奥から流れてくる
山間《やまあい》の霧が　光にきらめき　生と死が重なる

海の向こうの村々では泥濘の道で
車輛の侵攻は　殺戮を重ねていた

キリル文字

キリル文字には　アルファベットの
最後の文字「Z」はなかった

冬の窓から三畳の部屋へ
「部屋を追い出された」と
一言だけ言って突然Mが
文字通り頭から転がり込んできた

あれは　終わりのない
始まりだったのかも知れない

期末試験を受験出来ず
ロシア語は単位を落とした
次年度には　別の語学を選択した

キリル文字は幾らかは覚え
CCCPを「エスエスエスアール」と
発語することぐらいは覚えた
文字は33文字あってアルファベットの
最後の文字「Z」の文字はなかった

季節が変わって（残酷な）
四月の構内で
Mを見かけることはなかった
名は忘れたが
彼の女友だちは美しかった

いまになって思い出すことばかり
あれは　誰にも告げたことのない
始まりの一つだったのかも知れぬ
七月の休暇に入った暑い夏
（ママン　エ　モルトゥ／母が死んだ）
机に向かって『異邦人』を読み始めた

三密回避の通達に閉じ込められる日々。
「一連の奇妙な事件は、一九四＊年、
オランで起こった。」
『ペスト』を読み返していた。
未来への戦争のあらゆる種類の暴力
への象徴すなわちアレゴリーだった。

＊
ＣＣＣＰ（ＵＳＳＲ＝ソ連）

小さな後ろ姿

前年　教室は
百五十日間
閉鎖されていた
卒業年の三月ではあったが
就職のことも卒業のことも
考えることはなかった
大講堂を遠くから眺めながら
学生食堂に座っていた

大講堂の卒業式会場へ

歩いてくる二人連れが見える
彼らは背筋を伸ばし
並んで扉口を入っていくところだった
父と母であった

卒業式ではなかった落第を選んでいた
何にも知らせてはいなかった
一緒にいた非卒業組の者たちに言った
「分からない式場に入っていった」

一時《ひととき》を過ごして　講堂の方を見ると
同じ扉口を両親が出てきた　ゆっくりと
正装した後ろ姿が視界から遠ざかっていった
友人たちは　一層言葉を発しなかった

何時間をかけて
初春の東北本線を往復したのか
その日のことについて彼らは
言葉を発することはなかった
生涯その日のことにまったく
触れることがなかった

半世紀が過ぎて　二人の後ろ姿のことを
母の告別式の日　兄妹たちに話をした
口をあいたまま
彼らは言葉を発しなかった

父母の卒業式から二年遅れて卒業した
一年目は必修の体育で週に一度
サッカーボールを蹴りながら

二年目は　資格に必要な講座
二十四単位のレポートを提出しながら（あの
秋十月二十一日駅構内は催涙ガスに充ちていた）

大講堂周辺には
誰もいなかった　きっと
最後に　式場に入り
最初に　式場を退場したのだ
父と母はすべて知っていたのだ
半世紀の時を
数えきることはできないが
十二の月は十二の上旬を持ち
十二の月は十二の下旬を持つ

無人の講堂前の舞台に

ばかものが描いた惨劇
三月下旬の無言の寸劇
かわいそすぎた
遠いふたりの小さな後ろ姿

三月のダイアグラム

不忍池近くの
旅館に泊まり
朝目覚めると式に
遅れないようにと電話し
先に会場へ向かった

卒業式会場は小さく
多くの者は入場できず
会場の外での出席者になった
物理学者で俳人だという人の

話し声がきこえてくる
もう終わりだなと言うと
これは学部が違うと言う
理系学部の統一の式は
午後からだと言う

高校の卒業式も知らなかった
そうだったのか
卒業式にはこれで
三度も出席することがなかった

昼食をどうしたのか覚えていない
何故午後のことを
考えなかったのか

自分にあきれ落胆したまま
考えがおよばなかったのだ

別れを告げることもなく
上野発13：00の特急日立に乗った
夕食は卒業祝いの食卓だった
忘れものをしてきたことを隠すように
平静を装い　式には親子三代の
出席者もいたようだと話したが

「わが家では
曽祖父《ひいおじいさん》も出席しましたよ」
時空の軸をずらすように　即座に
十二代続くという人の

里山と川の流れる故郷を持つ人の
見事なカミのような対応があった

三月のダイアグラムは
いつもどこか危うかった

おのれが悪いのだとは
いつも思うのだが
生き延びられてきたことが
不思議だと思う

変わらぬ　子供のように
謎は謎のままにそのこともまた
不思議のことのように思うのだ

後からやって来るもの

後からやって来るもの

「葡萄畠」一篇　十二行の詩だけを
残して去ったＭよ

甲府盆地へ降る車窓の
「葡萄畠」は美しかったとＭは言った
盆地へカーブしていく斜面
一面に広がっている葡萄畠
だが十二行に残された詩は

辛さにみちたものがあった
地と川を渡り　岸辺をこえて
もういってしまったのかもしれぬが

どんな（残酷な）春を迎え
五十有余年を生き延びたか
消息を知ることはないが
「雪の山　菩提樹　幹に刻まれた言葉　希望*」
Mが呟いていた言葉を
物語のように思い出しながら『冬の旅』を
ひとり聴きにいったことがあった

キリル文字の試験の
二月の頃の構内の
友人たちから誘いがあった

数十年の時を隔てて
「声楽発表会」で
高齢者たちがソロを歌う姿を
披露するという
不案内な横浜の会場に向かった
それぞれのソロがあった
四月／アヴェ・ベルム・コルプス／
美しい月、五月に／
彼女に告げてよ／
ラブ・チェンジズ・エブリシング／
「人吉」も三曲を歌った

「主よ人の望みの慶びよ」
ピアノのソロ演奏が流れていた

何故か「人吉」が　最後に教室を出なさい
と教授に叱責されていたMのことに触れたが
いま彼の現在はまったく知らないという

十二行の小さな紙片が眼にうかんだ

風に包まれて　木々は風に揺れて
春の白い雲が　夕空に流れていた

後からやって来るものがあった
ＰＣＲ検査91％、面会は出来ない。
電車はトンネルを通過していた

＊『魔の山』（トーマス・マン）（一九二四年）

鳥の声をきいていた

福島県浜通り地方には
モズをおおたか雀と呼ぶ地方がある
冬の終わり　木々は風にうなる

泥濘を「タンク」は逆走し
爆撃は「聖母都市《マリウポリ》」を撃ち続け
強く疑われた
ＵＳＲの時代へ　あるいは
帝政の時代へ狂走しているのか?

浜通り地方の小さな絵画展では
地下に追いつめられた「海港都市」は
古代の「地下都市」として描かれ
来場者の足を止め心をえぐった

旧式の「タンク」が無惨に
路上に破壊棄てられている

住民が　軍人が　母が娘が　老夫も
それぞれの一人の　人の命を死に得るか?
涙堂の上に　涙を堪《こら》え　よちよちと歩き
影絵のように　移送連行されて
小さきものらが　内陸遠く消えていって
逮捕状が世界に向けて発付された
金襴の装飾の宮殿　R型の入口から

左肩を揺らして（おそらく左利きなのだ）
入場した　痩身気味だった　元諜報局員

むかし　初めて顔を合わせて二、三年後の冬
祖父に銃を手渡され
おおたか雀を撃てと　言われたことがあった
照準するまえに　鳥は頭上を飛び去っていた

銃を撃ったことはないが
照準を合わせたことはないが
宮殿の奥を　鳥が舞う　風のうなりのなかで
帰還を許可された森で　鳥の声をきいていた

あとがき

ながく暑い夏の日々がつづいた。夏のあとはすぐに冬と、言われるなかで、鋭いモズの鳴き声が聞こえてきた。

銃を撃っているような爆竹の音が、近くの裏山から聞こえてくる。最近では街中からも聞こえてくる。駅近くまで猿が出没しているのだ。

海の近く、狭隘な地に熊は住まないが、熊を見たという人の話も伝わってくる。市役所に連絡したら、若い職員にひどく電話口で叱責を受けたという。一方、川幅の狭い場所を伝って侵入して来たという噂もある。

社会的にも、札幌、品川など大都会から、お互い面識のない若者たちが、山際の家を狙って侵入した「闇バイト事件」が起きている。高齢者を傷つけ、わずかなお金を強奪した。犯行の震源はマニラにあるという。

内も外も激しく揺れ動き、揺れ動かされている時の中で、十月七日以来、更に激しい、言葉を失うニュースが流れつづけている。詩集をつくることなど、手遅れに過ぎないという奇妙な強い感覚にさらされる。

朝方夢を見た。「クモの巣のような延々と続く地下壕を出て、砂岩の丘を走っていた。崩れた建物で医療従事者が、生まれたばかりの赤ん坊が死に瀕していると叫んでいる。私は何も答えられないまま、必死にもがいていた」。夢から覚めて、打ちのめされていた。雲一つない空が見える。

低く東の空は、朝焼けである。一年で最も美しい朝焼けである。見下ろすと庭には、朝露に濡れて幾株もの薔薇が咲いている。広がっている南の空の二十五キロ先は、廃炉作業がつづいている福島第一原発である。作業は百年つづくという。

昨年、私がただ『集成』とだけ名付けた原稿を、高木祐子さんはじめ、『詩と思想』編集に携わっている方々から深い配慮を頂き、『詩集』として発行することが出来た。

今回、二十六篇を収録した詩集『小さきものたち』を出版するにあたり再びお世話になった。高木さん、校正、編集、装幀に携わって頂いた方々、皆様に深甚の謝意を表します。

二〇二三年十一月

斎藤久夫

著者略歴

斎藤久夫（さいとう・ひさお）

1945 年　福島県福島市生まれ。
1968 年　早稲田大学第一文学部英文学専修卒業。

詩集『セピア色の幕』(1965 年私家版)『舟は巻淵を』(1988 年暁書房)『掌の果実』(1990 年私家版)『黒船前後』(2005 年土曜美術社出版販売)『最後のシネマ』(2010 年土曜美術社出版販売)『零年の肖像』(2013 年いりの舎)『回廊』(2019 年私家版)『野焼きのあとに』(2020 年私家版)

所属　日本現代詩人会、福島県現代詩人会

現住所　〒975-0018　福島県南相馬市原町区北町 625-2

詩集　小《ちい》さきものたち

発行　二〇二四年三月九日

著者　斎藤久夫
装幀　直井和夫
発行者　高木祐子
発行所　土曜美術社出版販売
〒162-0813　東京都新宿区東五軒町三―一〇
電話　〇三―五二二九―〇七三〇
FAX　〇三―五二二九―〇七三二
振替　〇〇一六〇―九―七五六九〇九
印刷・製本　モリモト印刷
ISBN978-4-8120-2822-3　C0092